En un lejano país, unos Reyes habían deseado mucho un hijo cuando, por fin, nació una niña a la que llamaron Aurora. Los Reyes la presentaron a su pueblo.

Vino a ofrecer su regalo de nacimiento un
Príncipe heredero, cuyo padre era amigo
del Rey. Ambos amigos acordaron ya la boda
de sus respectivos hijos.

También fueron a ofrecerle sus dones las tres hadas: Flora, la belleza; Laura, una melodiosa voz; mas, ¡ay!, cuando le tocaba a Primavera...

Apareció el hada Maléfica, que no había sido invitada y, furiosa, le lanzó un hechizo: al cumplir los dieciséis años, se pincharía con un huso y moriría.

Entonces, Primavera aprovechó su don para modificar el hechizo: tan sólo iba a caer en un profundo sueño, hasta que recibiera el primer beso de amor.

Los Reyes, preocupados, mandaron quemar
todos los husos del reino y confiaron la niña
a las hadas para que la cuidaran en
el bosque.

Al cumplir los dieciséis años, las hadas
pensaron regalarle un pastel y un vestido,
pero no se ponían de acuerdo en el color:
—¡Azul! —¡Rosa! —discutían.

Las hadas, desgraciadamente, no advirtieron
que el resplandor de sus varitas subía por
la chimenea hacia el cielo, y así fueron
descubiertas por Maléfica.

Mientras tanto, Aurora cantaba por el bosque recogiendo fresas y jugando con los animalitos: un búho, unos conejitos, un pajarito...

Paseaba el Príncipe a caballo y, al oírla, se acercó. Pero cuando ella recordó que no debía hablar con extraños, ya se habían enamorado...

Aurora le dijo que, si quería volver a hablar con ella, acudiera esa noche a la cabaña del bosque y el Príncipe regresó decidido a casarse con ella.

En palacio, sin embargo, ya se hacían
preparativos para la boda acordada al
nacer Aurora. Pero las hadas durmieron a
todos los cortesanos para detenerla.

Entre tanto, Maléfica entró en la cabaña y se
llevó a la Princesa a la torre del castillo
encantado, para que se pinchara con un huso
y muriera.

Cuando más tarde acudió el Príncipe a la
cabaña, fue prendido y llevado a las
mazmorras de Maléfica, que se burlaba de
su amor por la Princesa y del beso de amor.

Las hadas, que se dieron cuenta, con sus varitas corrieron a liberar al Príncipe, para que pudiese besar a la Princesa y liberarla también.

Tras luchar con los monstruos del castillo encantado, regresaron al palacio y celebraron la gran boda por todos esperada.